OFF

Der Tag, an dem das Internet verschwand

CHRIS COLIN
ILLUSTRIERT VON RINEE SHAH
ÜBERSETZT VON CORNELIUS HARTZ

PRESTEL
MÜNCHEN · LONDON · NEW YORK

Und siehe, am 11.402 Tage
war das Internet fort, und ich sprach:
LASSET UNS DIESES UNFROMME GESCHICK
MIT GIFS BEKLAGEN.
Doch allenthalben entfuhr den Geräten nichts
denn Stille. Und so jene dort regungslos saßen,
tat ich es ihnen gleich.

Am Tage, da die Bildschirme schwarz wurden, erhoben unsere Kinder mahnend die Stimme:
BEHEBET DEN FEHLER, ALSDANN WIR EXTREME DOG FAILS 3 SCHAUEN KÖNNEN, UNS PLAGET DIE LANGEWEILE.
Siebenmal erzwang ich bei dem Geräte den Neustart, aber meiner Mühe war keine Frucht beschieden, und nirgends waren Dog Fails zu bestaunen.

Am Tage, da die Bildschirme schwarz wurden,
stand ich im Garten, und die güldene Sonne schien,
doch mich ergriff die Schwermut, da mir verborgen war,
was die Stars von »Beverly Hills, 90210« heute wohl täten.
Es war mir nicht vergönnet, dergleichen zu googeln.

BRANDON
BRENDA

Am Tage, da die Bildschirme schwarz wurden, ward mir keine Nachricht beschieden, ich möge bitte Potenzpillen oder Hanföl erwerben, noch sandte Tante Anna mir einen Link zur Seite eines hitzigen Predigers.

verkündete ich,

Am Tage, da die Bildschirme schwarz wurden, war die Schöpfung zugleich still als auch laut. Ich vernahm das Keckern des Eichhorns und den Ruf des Eichelhähers und das Kratzen welken Laubes auf dem Straßenbelage.

Und ich fragte mich:

WIE KANN ES SEIN, DASS ICH DESGLEICHEN NOCH NIE VERNOMMEN HABE.

Und ich schickte mich an, zu twittern, doch:

GEHT JA GAR NICHT, LOL.

PIEP

PANIK UND NOT
INTERNET TOT

Am Tage, da die Bildschirme schwarz wurden, verzehrten 33.298 New Yorker Speisen ohne die Hilfe einer App, 21.983 Parisern war nicht gewahr, wie lange sie zu ihrer Arbeitsstelle benötigen würden, und 7.332 Berliner lauschten einem nie zuvor vernommenen Podcast, der da bestand aus … ihren eigenen Gedanken.

WAS ZUR H&%LE,

sprach da ein jeder zu sich. Doch allseits wurde man einer gar merkwürdigen Gelassenheit gewahr.

WELCH NEUARTIGE MEDITATIONS-APP IST DIES,

wunderte man sich.
Doch nichts dergleichen war zu bestaunen.

Am Tage, da die Bildschirme schwarz wurden, rief ich unseren Kindern zu:
LASSET UNS BACKEN EINEN KUCHEN, OBGLEICH ICH NICHT WEISS, WELCHES REZEPT WARD AM BESTEN BEWERTET.
ZUCKER

Wir buken und buken, doch da wir uns denn
endlich die Frucht unserer Mühen besahen,
so wäre sie eines Likes nicht würdig gewesen,
nicht einmal von Tante Anna.

Dennoch verspeisten wir das Backwerk mit Freuden.

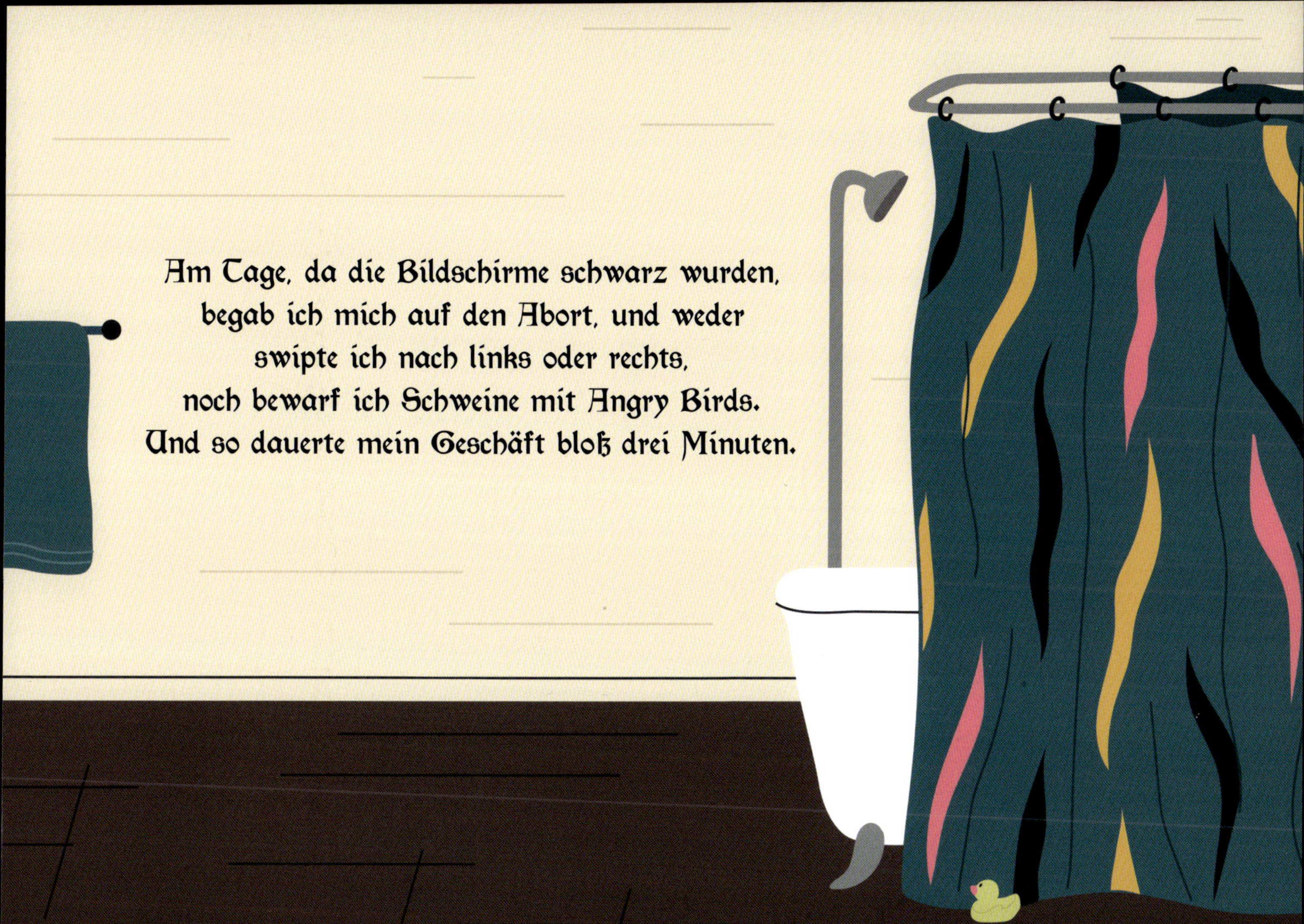
Am Tage, da die Bildschirme schwarz wurden,
begab ich mich auf den Abort, und weder
swipte ich nach links oder rechts,
noch bewarf ich Schweine mit Angry Birds.
Und so dauerte mein Geschäft bloß drei Minuten.

Am Tage, da die Bildschirme schwarz wurden,
holte ich meine alte Flöte aus dem Schrank,
ich sah eine Wolke von der Form eines Kamels,
und ich spielte vierzehn Runden Mau-Mau mit den Kindern
– verwünschet das Spiel, das vermaledeite,
wie auch meinen Nachwuchs!

Doch immer noch war mir Zeit beschieden, in mich zu gehen.
Und siehe, da fiel mir die Zimmerdecke auf, und ich dachte,
wie es wohl wäre, dort zu spazieren,
so weiß und rein schien sie mir, ein Gedanke,
den ich seit Jahren nicht mehr gehabt.

Am Tage, da die Bildschirme schwarz wurden,
durchspülten zwei Ellen hoch Unrat
und Abwasser unseren Keller, denn siehe,
wir wurden gewahr, dass das Internet
irgendein Dingsbums von Wasserwerk
und Kläranlage gesteuert hatte.
Unschön.

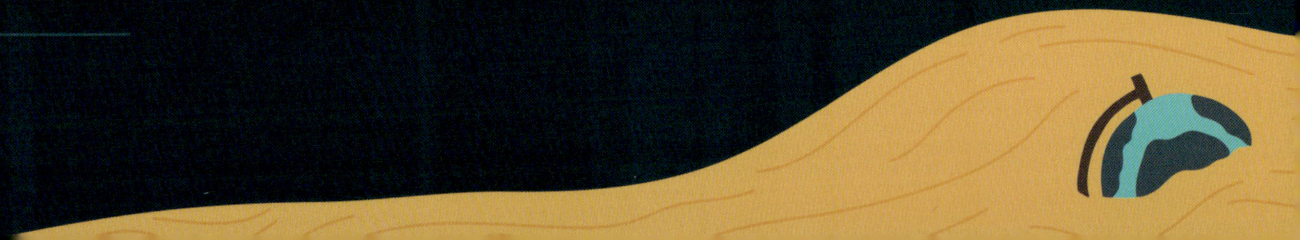

ZERBRECH

Am Tage, da die Bildschirme schwarz wurden,
kam auf ein großer Wandel, der erfasste Herd und Heim,
Himmel und Meere sowie auch zwei Menschen,
die da saßen im Schnellrestaurant am Ende der Straße.

HIER MEINE NOTIZEN VOM MEETING MIT VICKY VON DER PERSO,

sprach die Frau, und siehe, derer waren tatsächlich viele, aber der Mann schaute nicht ein einziges Mal auf sein Handy.

SCHÖN, WIE AUFMERKSAM DU BIST,

sprach die Frau.

Am folgenden Tage speisten sie dort wieder, und zwölf Monate später brachte die Frau neues Leben in diese Welt, und sie begrüßte das Kind:

HALLO CARCASSONNE,

denn sie hatten viel Zeit gehabt, Gesellschaftsspiele zu spielen.

Im Jahre, da die Bildschirme schwarz wurden, lagen unsere Kinder im Grase, und sie ritten auf Pferden, und sie staunten über jeden Regenbogen, da ihr Herz dort, wo einst die Zerstreuung gewohnet, nun offen war für Gefühle.

LASSET UNS NEUN STUNDEN LANG MINECRAFT SPIELEN,

sprachen sie, und siehe, so geschah es, denn Minecraft war ein Spiel mit Stöcken und Blättern.

Im Jahrzehnt, da die Bildschirme schwarz wurden, scrollten wir nicht während Meetings durch die Facebook-Timeline, noch posteten wir Instagram-Fotos von den Gipfeln der Berge.

Wir saßen einfach still da und dachten bei uns:

Im Jahrhundert, da die Bildschirme schwarz wurden, zeugten meine Kinder selbst wieder Kinder, und jene bestaunten die Wälder, und der Buchhandel blühte und ebenso das Briefschreiben, und aus irgendeinem Grunde blühten auch Schattenspiele, und der Nachbar sprach zur Nachbarin:

Die Speisen waren besser und auch die Musik, und arbeitslose IT-Spezialisten schufen Kunst aus USB-Kabeln und Tautropfen, und Tante Anna lernte den Bhangra-Tanz.

Vielen ward friedvolle Ruhe beschieden und manche fühlten sich einsam. Ein Landwirt aus Lettland sollte nie in der Kohlrabi-Fangruppe die große Liebe finden, nun, da es keine Facebook-Gruppen mehr gab.

ABER ES WAR GUT SO,

hieß es allenthalben.

Sie waren am Leben, und sie waren hellwach,
und was sie erlebt, das lebet fort in dem Büchlein,
das du in Händen hältst. Vier von vier Herzen,
sieben Milliarden Daumen hoch.
Echte Daumen.

Projektmanagement: Claudia Stäuble, Stella Christiansen
Gestaltung: Anjali Pala
Satz: Tuba Türker
Herstellung: Friederike Schirge
Druck und Bindung: C&C Printing

Verlagsgruppe Random House FSC® N001967

FSC
www.fsc.org
MIX
Papier aus verantwortungsvollen Quellen
FSC® C008047

Printed in China

ISBN 978-3-7913-8730-7

www.prestel.de